¿DEPENDE LA REALIDAD
DEL CRISTAL CON QUE SE MIRE?
¿PUEDE EL AMOR
SOBREVIVIR AL CAMBIO?
REAL CLOHE
FORMATO PRESTIGE / 80

En el paro...
Adicta a los dulces...
Y enfadada... muy enfadada...
REPARACIONES
Fina
> Guión y dibujos: Patricia Leonardo.
> Tomo autoconclusivo .
> 100 páginas
IVREA
¡¡YO LO
RECO-
MIENDO!!
TITO
CAR
WASH

LOVE CELEB Vol. 4
Una publicación de
Editorial Ivrea S.L.
Barcelona, España

Presidente - Dirección Editorial
Leandro Oberto

Directora Adjunta
Marina Fornaguera

Coordinación - Producción
Susana Ezquerro
Marcelo Vicente
Graciela Escobar
Alejo G. Valdearena
Evangelina Jaimes
Juan Ignacio Quiroga

Diseño
Javier Heredia
Paula Ventimiglia
Mónica Lorente
Ricardo "Tati" Pérez
Pablo Broqua
Leonardo Gutiérrez
Víctor Czesli

Depósito Legal: B-42761-2006
ISBN OC: 987-562-548-5
ISBN10 #4: 987-562-703-8
ISBN13 #4: 978-987-562-703-1
Planta Impresora: Zukoy 5 S.L.
Marzo de 2007
Printed in Spain

LOVE CELEB

MAYU SHINJO

TRADUCCIÓN
NOEMÍ CUEVAS REBOLLO
TRADUCCIONES IMPOSIBLES

RETOQUE DE
ONOMATOPEYAS
Y ROTULACIÓN
EDUARDO DI COSTA

IVREA

¿QUIÉNES SON?
EL OJO DE LA
TORMENTA,
LA
PESADILLA...
LEGIÓN ES SU NOMBRE
LEGIÓN DE LAS SOMBRAS
LEGIÓN DE LA MUERTE
LEGIÓN
UN CÓMIC DE
SALVADOR SANZ
Prestige a color. Tomo único.
COMISARIA 18
IVREA

FIN DE LOVE CELEB 4

MU...
TUMTUM
TUMTUM
MUCHAS GRACIAS...
TUMTUM
TUM
DASH
AH... ¡¡GIN!!
GIN...
NO ES JUSTO, SE HA COLADO.
QUÉ SUERTE.
YO TAMBIÉN QUERÍA...
TRANQUILOS... ES QUE...

ERES TÚ, ¿VERDAD?
....
ZUSH ZUSH
SHAN
¡HALA!
¿QUE?
¿PARA MÍ?

LO SIENTO...
YA HA PASADO EL CAMBIO DE TURNO...
TRANQUILA, ALGUIEN TE ESTÁ SUSTITUYENDO...
NAKAZONO...
¿EH?
¿QUIÉN SERÁ?
¡ARRIBA, ARRIBA!
¡CONEJITO! YO TAMBIÉN QUIERO ARRIBAAAA.
¡¡CÁLLATE Y PONTE A LA COLA!!
EL CONEJITO SE HA ENFADADO
E... ESA VOZ...
¡DEJA DE LLORAR, PEQUEÑAJA!
¿GIN?
NO... NO PUEDE SER...

AH...
SHUU UUSH...
DIME...
¿VENÍAS A DECIRLE ALGO?
¡ES GUAPÍSIMO!
AH... PUES... ES QUE SE HA ACABADO EL TIEMPO DE DESCANSO Y TOCA CAMBIAR DE TURNO...
HUM...

NO PUEDE SER, ELLA ES DEMASIADO FAMOSA COMO PARA HACER UN TRABAJO COMO ESTE.
TUTUM
EN ESTE TRABAJO HAGO QUE LA GENTE SE DIVIERTA, ME GUSTA...
Y COMO ES TAN AGOTADOR, NO TENGO TIEMPO DE PENSAR EN NADA MÁS.
FUAH
Y SIEMPRE ACABA...
ENTRÁNDOME EL SUEÑO...
CHIAK
¡NAKA-ZONO, TOCA CAMBIO DE TURNO!

¡MADRE MÍA! ¿QUÉ ES ESTO?
¿AÚN SIGUE CON ESTA PORQUERÍA DE TRABAJO?
HEMOS HECHO TODO TAL Y COMO ORDENÓ, SEÑOR GIN.
HU HU
ES CIERTO...
BUEN TRA-BAJO.
GRA-CIAS.
ESTE DISFRAZ PESA MUCHO, ES AGOTADOR...
FUAH
MIRA... ¿NO ES KIRARA NAKA-ZONO?
¡¡ES CIER-TO!!

¡MIRA QUÉ CONEJITO TAN MONOOO!
SÓLO ES UN DISFRAZ, NO SEAS CRÍA...
LA VERDAD...
ES QUE GIN Y YO NUNCA TUVIMOS UNA CITA...
QUIZÁ LLEGUE UN DÍA EN QUE...
GIN Y YO...
¡DEJA DE SOÑAR CON TONTERÍAS, KIRARA!
TAP

CUANDO ME CONVIERTA EN UNA GRAN ESTRELLA... ENTONCES...
AUNQUE... QUIZÁ SEA YA DEMASIADO TARDE...
GIN... YO...
¡HALA! ¡ES UN CONE-JITO!
¡CONE-JOOO!
GRA-CIAS.
¡GUAA AAAY!

PERO A MÍ ESO ME HA COSTADO UN DOLOR AÚN MAYOR...
KIRA-
RA...
PAT
A PAR-
TIR DE
AHORA...
ME
ESFOR-
ZARÉ
AÚN
MÁS...
HARÉ
CUALQUIER
TRABAJO...
POR
TERRIBLE QUE
SEA, AUNQUE
NADIE MÁS LO
QUIERA...
PIENSO
DAR LO
MEJOR DE
MÍ MISMA.
POR ESO...
¿PODRÍA
PEDIRTE
UN FAVOR,
HANAMAKI?

QUE SEPAS QUE ME HAS TRAI- CIONADO.
CREÍA HABER ELEGIDO LA MEJOR FORMA PARA NO HACERLE DAÑO A NADIE...

TE HABÍAS DADO CUENTA...
¿VERDAD?
GIN... ES QUE YO...
YO...
CUANDO SEA UNA TOP IDOL... ENTONCES...
KIRA-RA...

PIENSO EN CÓMO HACERTE PERDER LA CABEZA CUAN-DO ESTEMOS JUNTOS...
¡¡SÓLO PIENSO EN LO MEJOR PARA TI!!
SI DEJAS EL MUNDO DEL ESPECTÁCULO TE VIOLARÉ.
¡¡HANA-MAKI!!

ME ACABAS DE DECIR QUE QUIERES ESTAR CON UN TÍO QUE TE MIRA CON LOS MISMOS OJOS CON LOS QUE TE MIRO YO.
¡NO DIGAS ESO!
¡ÉL SIEMPRE ME HA AYUDADO!
¡TÚ NO SABES NADA DE HOMBRES, ESTÁS EQUIVOCADA CON LOS HOMBRES!
CUANDO NO ESTOY HACIENDO EL AMOR CONTIGO...
ESTOY DES-NUDÁNDOTE EN MI MENTE UNA Y OTRA VEZ.
GIN...
¿PERO QUÉ...?
¡¡TE HE HECHO EL AMOR MIL VECES EN SUEÑOS!!
TU-TUM

YA LO SÉ...
¿QUÉ?
¡PERO ESO NO TIENE NADA QUE VER CON EL TRABAJC!
A MÍ HANA-MAKI...
¿TE DAS...
CUENTA DE LO QUE ACABAS DE DECIR?

¿POR QUÉ NO? TÚ ESTÁS ENFADADO SÓLO CONMIGO, ¿NO?
¡ENTONCES DEJA DE HACERLE DAÑO A QUIEN NO TIENE LA CULPA!
¡HAZ LO QUE TE DIGO Y ALÉJATE DE HANAMAKI!
POR FAVOR... A MÍ PUEDES HACERME LO QUE QUIERAS PERO...
DEJA EN PAZ A HANAMAKI...
KIRARA...
¡¡ESE TÍO NO ES TU MÁNAGER!!
¡A ESE TÍO LE GUSTAS!

¡¡HANA-MAKI!!
¡AGUANTA, HANAMAKI!
KIRARA...
ESTOY BIEN, TRAN-QUILA...
¿QUÉ TAL TE HA IDO CON LO DEL ANUNCIO?
NO HABLES AHORA... HAY QUE CURARTE ESAS HERIDAS...
¡¡KIRA-RA!!
¡¡VEN AQUÍ AHORA MISMO!!
¡NO PUEDES ESTAR DE SU PARTE!

NO PIENSO DEJARTE...
QUIERO VER COMO TE EXCITAS AQUÍ MISMO...
¿NO ERES UNA GRAN ESTRELLA?
NO PIENSO PERMITIR QUE ESE CUERPO QUE ES MÍO SEA DE NADIE MÁS...
VAMOS... DI QUE VAS A VOLVER CONMIGO...
GIN... BASTA...
¡SUÉLTAME... GIN!
ZUISH

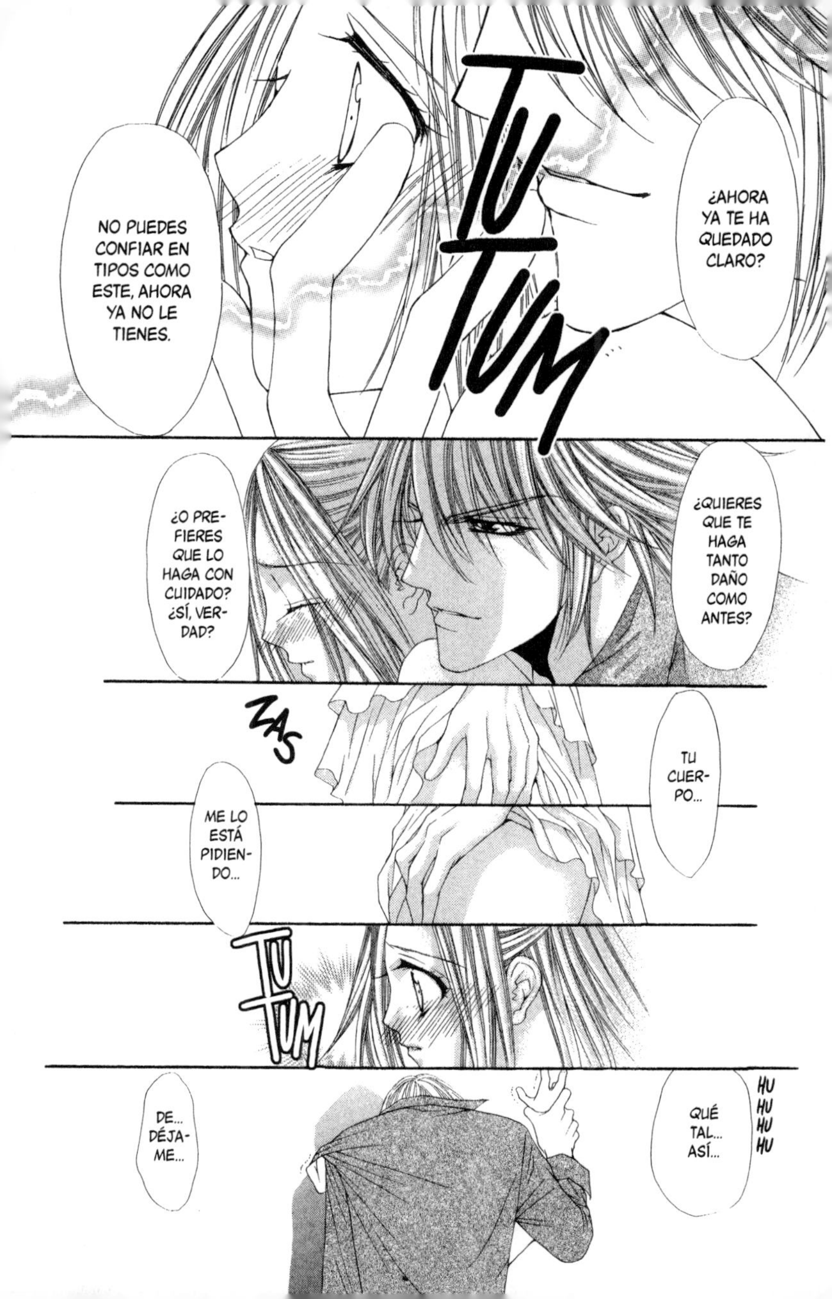
¿AHORA YA TE HA QUEDADO CLARO?
TU TUM
NO PUEDES CONFIAR EN TIPOS COMO ESTE, AHORA YA NO LE TIENES.
¿QUIERES QUE TE HAGA TANTO DAÑO COMO ANTES?
¿O PRE-FIERES QUE LO HAGA CON CUIDADO? ¿SÍ, VER-DAD?
ZAS
TU CUER-PO...
ME LO ESTÁ PIDIEN-DO...
TU TUM
HU HU HU HU
QUÉ TAL... ASÍ...
DE... DÉJA-ME...

ZUSH
¡¡HANA-MAKI!!
GRAB
ALTO.
¿QUÉ HARÁS AHORA, KIRARA?
PORQUE... ESTÁS SOLA...
SÓLO LE TENÍAS A ÉL.
HANA-MAKI...
NO DEBERÍA HABERME INSULTADO.

¡¿QUÉ ESTÁS HACIENDO?! ¡¡GIIIIN!!
¡BASTA! ¡VAS A MATARLE!
¡VAMOS, GIN!
GULP
¡¿GIN?!

ZAS
NO DEJARÉ QUE NADIE LA HAGA GEMIR, NI QUE LA HAGA LLORAR...
¡Y MUCHÍSIMO MENOS TÚ! ¡JAMÁS SERÁ TUYA!
SNIF
SNIF
NO SÉ CÓMO LE VOY A DECIR A HANAMAKI QUE HE PERDIDO EL TRABAJO...
ME LO MEREZCO...
HE HECHO ENFADAR A GIN.
Y A PESAR DE TODO, HE ELEGIDO SEGUIR CON MI CARRERA...
ASÍ QUE...

YO LE HABLARÉ CON CA-RIÑO...
LE HARÉ EL AMOR CON TODA MI ALMA...
YA QUE TÚ NO PUEDES HACERLO...
¡¡LO HARÉ YO!!
HANA-MAKI...
ASÍ QUE ERA ESO...
FRIP
YA VEO...
¡NI LO SUE-ÑES!
¡¡NO LO PERMI-TIRÉ!!

Y LAS MUJERES SON UNOS SERES FRÁGILES...
COMO LA PORCELANA.
¡CÁLLATE!
¡Y SUÉLTAME!
ZAP
¡TÚ NO ERES NADIE PARA DECIRME LO QUE TENGO QUE HACER!
ENTONCES SERÉ YO EL QUE LE DÉ AMOR.

¡¡ASÍ QUE TÚ DEDÍCATE SÓLO A QUERERLA!!
¡¿TÚ NO ERES SU NOVIO?!
¡¿ES QUE NO SABES CÓMO QUERER A LA GENTE?!
NO TENGO NI IDEA DE CÓMO TE HAN EDUCADO, PERO...
NI TÚ NI NADIE PUEDE OBLIGARLA A HACER NADA QUE ELLA NO QUIERA.
ES UNA MUJER.

THUK
AY...
YO SOY EL ÚNICO QUE PUEDE HACER LLORAR A KIRARA.
¿QUÉ?
ZUMSH
¡AAAGH!
¡¡Y TAMBIÉN SOY EL ÚNICO QUE PUEDE HACERLE DAÑO!!
¡¡PORQUE YO SOY EL MÁNAGER DE KIRARA!!

¡MALDITO CRIAJO DE MIERDA! ¿ESTÁS SORDO O QUÉ?
ZUSH
PARA SER UN MÁNAGER NO ERES MUY RÁPIDO, ¿SABES?
¿CÓMO LO HAS HECHO?
¡PERO NO PIENSO PERMITIRTE QUE ME HABLES ASÍ!

PERO CREO QUE ESTA VEZ NO VA A PODER SER...
DIME...
¿QUÉ TE TRAE POR AQUÍ, HANA-MAKI?
ES QUE NO ME HAS ESCU-CHADO...
NO ME LO PUEDO CREER...
¡TE HE DICHO QUE TE ACERQUES!

YA HEMOS LLEGADO AL ÚLTIMO TERCIO DEL TOMO. ESPERO QUE NOS SIGÁIS LEYENDO EN EL PRÓXIMO NÚMERO. ¡A PARTIR DEL 5 HABRÁ NOVEDADES! ¡GIN EMPIEZA A TENER MÁS RELEVANCIA EN LA HISTORIA! SU PADRE, LA POLÍTICA... ¡YA VERÉIS!¡NOS VEMOS EN EL PRÓXIMO NÚMERO! SI QUERÉIS ESCRIBIRME...

MAYU SHINJO
DEPARTAMENTO EDITORIAL DE SHOGAKUKAN.
2-3-1 HITOTSUBASHI CHIYODAKU
TOKYO, JAPÓN 101-8001

Y TAMBIÉN LA WEB WWW.MAYUTAN.COM ¡VENID A VISITARNOS!

ACÉRCATE, VAMOS A CHARLAR TÚ Y YO.
ZISH
CRIA-JO DE MIERDA.

PERO NI SE TE OCURRA ROMPERLOS.
?
?
¿POR QUÉ LE HABRÉ DADO UN BESO?
HUMF HUMF
SÍ, SEÑOR...
HANAMAKI...

KIRARA...
HUM
¿QUÉ ESTÁ HACIENDO, SEÑOR?
GHAK
QUÉ... QUÉ... QUÉ... ¿CÓMO?
SHAN
¡¡NO HACÍA NADA Y MUCHO MENOS DARLE UN BESO A ESE PÓSTER!!
SÍ QUE SE LO HAS DADO...
¡¡ESOS PÓSTER ME MOLESTAN!! ¡QUÍTALOS DE AHÍ AHORA MISMO!
SÍ... SE-ÑOR.
AH...

KIRARA

RA NAKAZONO
KIRARA NAKAZONO
KIRARA NAKAZONO
NIÑA ESTÚPIDA...
QUE SEPAS...
QUE TE ODIO CON TODA MI ALMA.

¡¡KIRA-RA!!
¿ESTÁS BIEN? ¿QUÉ TE HA PASADO?
HANA-MAKI...
¡¡HANA-MAKI!!
HANA-MAKI, YO...
¡¡YO...!!
¿QUÉ PUEDO HACER?
....

NO RECUERDO AQUELLA CONVERSACIÓN...
TU-TUM
TE QUIERO...
YO TE QUIERO, GIN...
NO SÉ QUÉ VOY A HACER A PARTIR DE AHORA...
¡¡KIRARA!!
¿DÓNDE TE HAS METIDO?
HE OÍDO VOCES POR AQUÍ...

PERO YO YA...
QUE TE VAYA BIEN CON HANAMAKI Y CONSIGAS SER UNA GRAN ESTRELLA.
...R QUÉ...
¿POR QUÉ NO ME APOYAS EN ESTO?
¿Y ME QUIE-RES?
¡¿NO ME DIJISTE QUE ME CASARA CONTIGO?!
SIN EMBARGO, AHORA... ¿POR QUÉ LO HACES?

NO SÉ QUÉ HACER GIN... NO PUEDO REMEDIARLO...
TUS SENTIMIENTOS...
TU ALIENTO SOBRE MI PIEL, TU CUERPO... ME PROVOCAN Y...
LO SIENTO... GIN...
MI QUERIDÍSIMO GIN...

KLANK
AAH
¡¡PUES RESÍSTETE, ENTONCES!!
AAH
KLANK
¡¡RESÍSTETE Y LLORA!!
VOY A HACER QUE PRUEBES MI CUERPO UNA Y OTRA VEZ...
ASÍ...
¡YA LO VERÁS!
LLEGARÁ UN MOMENTO...
¡¡EN EL QUE EL SUFRIMIENTO POR NO TENERME SERÁ INSOPORTABLE!!

¡NO!
AH...
HU HU
¡¡ME... ME HACES MUCHO DAÑO... GIN!!
HU HU HU HU HU HU HU
ZAK ZAK
ME DUELE...
PARA...
NO ES JUSTO... QUE VENGAS DE REPENTE...
Y SEAS TAN BRUSCO CONMIGO...
NGH

¡NO ME HAGAS CHUPETONES!
¡TENGO UN RODAJE MUY IMPORTANTE!
ENTONCES NO VAYAS TAN SEXY...
AH...
POR FAVOR...
ACABO DE CONSEGUIR ESE TRABAJO.
¿ENTENDIDO?
¡¡POR FAVOR, NO SIGAS!!
FRASH

¡DÉ-
JAME!
¡SUÉL-
TAME!
¡¡ESPERA...
GIN!!
¡¡ESCÚ-
CHAME!!
FUMP
¡AH!
ME APETECE JUGAR UN RATO CONTIGO.
NO... NO, GIN...
NO...
FRASH
¡AAAA AAAH!

LO SIGUIENTE SERÁ TIRARTE A HANAMAKI, SUPONGO...
GIN...
AQUÍ TIENE, ES KIRARA NAKAZONO.
ESE ES NUESTRO TELÉFONO DE CON-TACTO.
¿KIRA-RA?

¡VOY A REPARTIR MÁS FOLLETOS!
VALE.
UN ANUNCIO COMO ESTE NO TIENE NADA QUE VER CON EL FUJIWARA GROUP.
NO CREO QUE TENGAN INFLUENCIAS EN ESTAS COSAS...
FUMP
¡ESE ANUNCIO ES MI GRAN OPORTUNIDAD!
¡AH!
FLAP
FLAP
LO... LO SIENTO...
IBA PEN-SANDO EN MIS COSAS Y...
AHO-RA LO RECO-JO.
INCLUSO PARECE QUE TE LO ESTÁS PASANDO BIEN...

NO IMPORTA, ¡LO HARÉ CON MUCHO GUSTO!
ESTOY ACOSTUMBRADA A LOS BIKINIS, NO HABRÁ PROBLEMA.
¡¡LO DICE DE VERDAD!! ¡¡ES UNA GRAN NOTICIA!!
POR SUPUESTO QUE SÍ.
LE PRESENTO A HANAMAKI, MI MÁNAGER, PUEDE PONERSE EN CONTACTO CON ÉL.
SÍ, NOSOTROS NOS PONDREMOS DE ACUERDO CON LAS FECHAS.
¡YUPIIIIII! ¡ES GENIAL, SOY MUY FELIIIIIIZ!
HUUUUG
¡UN ANUNCIO, HANAMAKI!
HAH
LO... LO SIENTO MUCHO...
SHAN
NADA...

ESTOY SEGURA DE QUE GIN LO ENTENDERÁ.
ME LLAMO KIRARA NAKAZONO, TENGA.
LE HE DEMOSTRADO DE SOBRAS LO MUCHO QUE LE QUIERO...
Y ÉL SIEMPRE HA CONFIADO EN MÍ.

¡POR FAVOR, SEÑORITA! ME ENCANTARÍA QUE ANUNCIARA NUESTRO ZUMO DE MANDARINA.
¿EH?
¿ANUN-CIAR?
¿MANDA-RINA?
TENÍAMOS UNA MODELO PARA EL ANUNCIO PERO SE HA LESIONADO Y NO PODRÁ HACERLO...
HE BUSCADO OTRAS MODELOS PERO NINGUNA ENCAJA CON EL PERFIL QUE BUSCO.
ES UN REFRESCO QUE SE PRESENTARÁ EN VERANO, ASÍ QUE HABÍA PENSADO QUE LA CHICA APARECIERA EN BIKINI...
PERFIL DE CHICA
Y USTED TIENE UN ASPECTO FRESCO Y SALUDABLE, IDEAL PARA LO QUE ESTAMOS BUSCANDO...
COMO ES UN ANUNCIO LOCAL, NUESTRO PRESUPUESTO NO ES MUY ELEVADO, PERO...
FLIP
¿LOCAL?

¿QUÉ HACE?
GIN SE HA ENFADADO CON ELLA Y AHORA BUSCA TRABAJO DESESPERADAMENTE...
¡AH! ¿ESA NO ES LA CHICA A LA QUE GIN HA DEJADO HACE POCO?...
¿ESTÁS BIEN, KIRARA?
TENER QUE HACER ESTO...
¡NO PASA NADA!
PARECE QUE HAYAMOS VUELTO AL PASADO...
¡ME SIENTO COMO SI EMPEZARA DESDE CERO Y ESO ME DA ENERGÍAS!
ADEMÁS... HE TOMADO UNA DECISIÓN RESPECTO A ESTO.
LOS PRINCIPIOS SIEMPRE SON DIFÍCILES...
PERO LO CONSEGUIRÉ...
¡SERÉ UNA TOP IDOL! ¡ESTOY SEGURA!
¡ME LLAMO KIRARA NAKAZONO Y BUSCO TRABAJO!

......
GRACIAS POR VENIR...
SOY KIRARA NAKA-ZONO.
¡MUCHAS GRACIAS!
ESTOY BUSCANDO TRABAJO.
MUCHAS GRACIAS.
TENGO EXPERIENCIA EN MUCHOS CAMPOS.
PASE DE MODELOS EN BIKINI, ESPECTÁCULOS DE VARIEDADES, LO QUE SEA.
AQUÍ TIENE.
ME LLAMO KIRARA NAKAZONO.
AQUÍ TIENE, MUCHAS GRACIAS.

¡QUÉ HUMILLACIÓN!
¡NO PUEDO PERMITIRLO!
HU HU HU
GINZOU...
LA MÁS HERMOSA DE LAS ROSAS...
CREO QUE YA VA SIENDO HORA...
DE QUE FLOREZCAS EN TODO TU ESPLENDOR.

¡Y HE USADO TODA ESA ENERGÍA...!
¡EN INTENTAR CONSEGUIR QUE UN SÓLO CORAZÓN SEA MÍO Y SÓLO MÍO!

PADRE...
¡QUIERO QUE ME ENTREGUES JAPÓN CUANTO ANTES!
SI NO... UNA PERSONA CONSEGUIRÁ DOMINAR MI ALMA POR COMPLETO.
FRIP
YO TENGO LA ENERGÍA SUFICIENTE PARA CAMBIAR JAPÓN...
HE APRENDIDO A CONMOVER, A CONQUISTAR AL MUNDO ENTERO, SI FUERA NECESARIO.
SÓLO...
QUIERO A UNA PERSONA EN ESTE MUNDO...

GINZO...
EN ESTE AÑO...
¿CUÁNTOS MILLONES HAS GASTADO?
¿CON CUÁNTAS TE HAS ACOSTADO?
DURANTE QUINCE AÑOS, NO HA HABIDO NINGÚN DÍA DE DESCANSO, HE ESTADO EN PERMANENTE FORMACIÓN, TRABAJANDO DURO...
HU HU HU HU
ESO NO HAY MUJERES NI DINERO QUE LO PAGUE.
¿Y ESTE ÚLTIMO AÑO TE LO HAS PASADO BIEN?
BUENO...
DIGAMOS QUE NO HA SIDO UNA GRAN JUERGA CONTINUA.

ZAS
¡¿SE PUEDE SABER QUÉ DEMONIOS HAS HECHO?!
¿EH?
¡¡NOS HAN CANCELADO TODOS LOS TRABAJOS QUE HABÍA PROGRA-MADOS!!
DICEN QUE ES DEBIDO A LAS PRESIONES QUE RECIBEN DEL FUJIWARA GROUP.
LA AGENCIA DE MEDIOS DE COMUNICACIÓN QUE PROMOCIONABA A KIRARA NAKAZONO, HA DEJADO DE RECIBIR FINANCIACIÓN POR PARTE DEL GRUPO FUJIWARA, ¡ESO DICEN!
¡¡GIN!!
OTRA VEZ TÚ Y TUS LOCURAS...

KIRARA NAKAZONO
PAT
TENGO QUE HABLAR CON GIN...
SI SE LO EXPLICO, SEGURO QUE LO ENTENDERÁ.
QUIERO SER UNA TOP IDOL...
Y QUIERO HACERLO POR MÍ MISMA...
SI CONSIGO SER UNA GRAN ESTRELLA...
SI CONSIGUIERA LLENAR EL TOKYO DOME POR MIS PROPIOS MÉRITOS...
ENTONCES, EN ESE MOMENTO YO...
iiyama
¡KIRARA!
ZAS

LO MÁS DIVERTIDO AÚN ESTÁ POR LLEGAR.
BLAM
ESTA VEZ...
¡HE METIDO LA PATA HASTA EL FONDO!

ESTÁ CLARO QUE TE PONGO NERVIOSA...
PERO SI ESTÁS TEMBLANDO...
HU HU HU
BUENO... LO DEJAREMOS AQUÍ POR HOY...
HA HA HA HA
HA HA HA HA

SABRÁS HASTA QUÉ PUNTO PUEDO LLEGAR A SER PERSISTENTE...
GRAB
¡A... AY!
UGH.
FRIUP
¡AAGH!
GUSH
HUM
AH...
LE HE MORDIDO...
YA VEO...
HU HU

ZASH
¡¡SI CREES QUE PUEDES HACERLO, INTÉNTALO!!
¡AH...!
PERO A CAMBIO... PREPÁRATE PARA LO QUE TE ESPERA...
TE PERSE-GUIRÉ...
ACO-SÁNDOTE A CADA PASO.
HARÉ QUE TE DESES-PERES.
FRUP

¡¿QUÉ TE HE HECHO, GIN?!
YO LO ÚNICO QUE HE DICHO ES QUE NO QUIERO DEJAR EL MUNDO DEL ESPECTÁ-CULO...
Y QUE QUIERO LLEGAR A SER UNA TOP IDOL CON LA AYUDA DE HANAMAKI...
PERO ES QUE... YO...
NO HE DICHO QUE ESTÉ CONTRA TI NI NADA PARECIDO...
TU TUM
TU TUM
LA EXPRESIÓN DE SU CARA... ES FRÍA COMO EL HIELO...
¿NO SABES DE QUÉ HABLO? SI QUIERES TE LO ENSEÑO...
¡¡VAS A VER LO TERRIBLE QUE PUEDO LLEGAR A SER!!

¡ANIMEITO REGALA ADHESIVOS ESPECIALES!

¿NO ES GENIAL? PARA AGRADECEROS EL HABER COMPRADO EL PRIMER CD, ANIMEITO HA DECIDIDO INCLUIR EN EL SEGUNDO UNOS ADHESIVOS FIRMADOS POR MÍ. ESTOY SEGURA DE QUE LAS FANS DE GIN VAIS A ALUCINAR DE LO GUAPO QUE SALE. PORQUE GIN ES MUY GUAPO, SÍ, SÍ. POR DESGRACIA, LOS SEÑORES DE ANIMEITO NO HAN PODIDO HACER TANTOS ADHESIVOS COMO CDS, LO SIENTO MUCHO... PERO LAS PERSONAS QUE REALMENTE QUIERAN TENERLOS, TENDRÁS QUE ENCARGARLO EN SU TIENDA ANIMEITO MÁS CERCANA. SEGURO QUE LO CONSEGUÍS... O ESO ESPERO...

KING+EGOIST

¡¡HASTA DÓNDE LLEGAMOS HANAMAKI Y YO!!
POR ESO... YO...
KIRARA...
¿SABES?
TE HAS PASADO AL BANDO ENEMIGO.

LO SIENTO, GIN, PERO... NO VOY A DEJAR EL MUNDO DEL ESPECTÁCULO.
¿CÓMO DICES?
¡YO QUIERO SEGUIR CON MI TRABAJO!
¡QUIERO LLEGAR A LO MÁS ALTO!
VALE, VALE...
HARÉ QUE MAÑANA ESTÉS EN LO MÁS ALTO...
¡¡YO NO HE DICHO ESO!!
¡QUIERO LLEGAR A LA CIMA POR MIS PROPIOS MEDIOS!
¡ME GUSTARÍA VER HASTA DÓNDE LLEGO POR MÍ MISMA!

Y ESO... ¡¿ESO SIGNIFICABA QUE LO IBA A DEJAR?!
¡¿SI NO POR QUÉ TE CREES QUE TE LO HE PEDIDO?!
ESTÁ CLARO.
¿CUÁNDO PODRÍAMOS CASARNOS?
HARÉ QUE SEA UNA FIESTA NACIONAL.
......
PERO ANTES...
DEBERÍA CREAR UNA LEY PARA QUE UNO PUEDA CASARSE CON 16 AÑOS...
JO, QUÉ PALO...
¿NO ESTÁS IMPACIENTE?
¿LLAMO AL PRESIDENTE DE EE.UU?
¿O PREFIERES ALGO MÁS INTIMO?

SÍ, DE QUE VAYAS A ABANDONAR EL MUNDO DEL ESPECTÁCULO.
E... ESTO...
¿HE DICHO QUE VOY A ABANDONAR EL MUNDO DEL ESPECTÁCULO?
¿EH?
NO ME DIGAS QUE LO HAS DICHO SÓLO POR EL SEXO.
YA SÉ QUE TE ENCANTA PERO...
¡¿NO TE ACUERDAS QUE HAS DICHO QUE SERÍAS MI IDOL PRIVADA?!

HU HU
PORQUE TE QUIERO. ♡
TU TUM TU TUM TU TUM
Y... Y YO A TI...
¡QUÉ SONRISAAAAAAA!
¿LO HACEMOS OTRA VEZ?
¿QUIERES CORRERTE CONMIGO O QUÉ?
HOY TIENES MUCHA ENERGÍA, ¿NO? ♥
VAMOS, SÉ BUENA Y DI QUE LO ESTÁS DESEANDO.
HANAMAKI VA A PASAR A RECOGERME A LAS 8.
HANAMAKI...
ESE MAMARRACHO... SEGURO QUE SE SORPRENDERÍA DE LO QUE HA PASADO.
¿LO QUE HA PASADO?

BUENO...
¿Y QUÉ TE PARECE SI ME DELEITAS CON TU PRECIOSA VOZ...?
EN LA CAMA, POR SUPUESTO...
TUTUM
PUES... YO...
¡AH!
UGH
¡NOOO!
¡AH!
¡UGH!
¡AAA AGH!
HU HU HU
NO GIN... NO ME DES BESOS AHÍ...
FRUPFRUP
¿SOY YO O TE HAN CRECIDO LAS TETAS?
¡ERES UN PERVERTIDO, GIN!
SÍ... NO TENGO REMEDIO.

LA VERDAD...
ES QUE SIEMPRE HE SIDO SÓLO TUYA.
KIRARA...

QUIERO QUE SEAS MI ESTRELLA, MI IDOL PRIVADA.
¡¡GIN!!

QUIERO SEGUIR VIVIENDO ESTE ÉXTASIS CONTIGO...
¡NO PIENSO RENUN-CIAR A TI!
GIN...
TU TUM TU TUM TU TUM
DE VERDAD... ¿CA-SARTE CONMI-GO?
SÍ...
TE LO REPETIRÉ TANTO COMO QUIERAS.
KIRARA...

QUIERO...
QUE SEAS SÓLO MÍA...
NO PERMITIRÉ QUE SEAS DE NADIE MÁS.
NI DE HANAMAKI... NI DE NIN-GUNO DE TUS FANS...
TU TUM
CUANDO VI CÓMO TE ENTREGABAS A AQUEL NIÑATO DELANTE DE LAS CÁMARAS...
CUANDO ESTABA EN EL AVIÓN PENSANDO EN QUE HANAMAKI Y TÚ ESTÁBAIS SOLOS...
TU TUM
TU TUM
TU TUM
TU TUM
NO TIENES NI IDEA DE LO QUE SENTÍA, NO TE LO PUEDES NI IMAGINAR.

¿QUÉ?
¿QUÉ... QUÉ HAS DICHO?
TU TUM
TU TUM
TU TUM
TU TUM
CLARO, COMO SABES QUE ESTOY LOCA POR TI...
NO TE BURLES ASÍ DE MIS SEN-TIMIEN-TOS...
¡NO ES JUSTO!
HAAAAA
GRAB
¡¡LO DIGO EN SERIO!!

CÁSATE CONMIGO.

CELOS...
ME ALEGRO...
DE QUE TE HAYAS ENAMORADO DE MÍ...
TU TUM
¡AAAAAARGH! ¡¿QUÉ ME ESTÁ PASANDO?!
¡NO ENTIENDO POR QUÉ SOY TAN CABEZOTA!
Y TODO... ES POR TU CUL-PA...
¡¡POR TU CULPA!!
¿QUÉ?
¿MÍA?
¿POR MI CULPA DICES?

ZUSH
¿E... ESTÁS ENFADADO?
SHIK
FRASH
EH... GIN...
¡¡YA LO SÉ!!
¡¡YA SÉ QUE TÚ Y HANAMAKI SÓLO ESTÁBAIS CUMPLIENDO CON VUESTRO TRABAJO!!
NO TENDRÍA POR QUÉ ESTAR TAN ENFADADO.
ZUMSH
YA LO SÉ...
PERO ESTOY MUY CABREADO.
SÓLO PENSAR EN QUE TÚ Y ÉL ESTÁIS JUNTOS, LOS DOS SOLOS...
PIERDO EL CONTROL, NO PUEDO EVITARLO.
GIN...
PARECEN...

SI VUELVE A SUCEDER ALGO DE ESTE ESTILO...
HARÉ QUE KIRARA DESAPAREZCA DEL MUNDO DEL ESPEC-TÁCULO.
¡ESPERA, GIN!
¡¡GIN!!
......
GIN...
OYE...
ESCÚ-CHAME.

NO LE PROTE-JAS...
NO VALE LA PENA.
GI... GIN...
¡¡ESTÁ MUY ENFADADO!!
ZUSH
COFF
COFF
ESCÚ-CHAME ATENTA-MENTE, HANA-MAKI.
ANTES QUE TU PROTEGIDA, KIRARA ES MI CHICA.

PERDÓN...
LE PIDO MIS MÁS SINCERAS DISCULPAS.
¡¡HANA-MAKI!!
VAMOS, GIN... YA BASTA...
GRAB
¡AH!

¡¡SI ES ASÍ, ARRODÍLLATE Y PÍDEME PERDÓN!!
¡¡GIN!!
NO ES PARA TANTO...
¡¡AQUÍ Y AHORA MISMO!!
ZUSH
HANA-MAKI...

FUJIWARA AIR LINE
¿QUE HABÍAS IDO HASTA MARRUECOS A BUSCARME?
MALDITO HANAMAKI...
¡TE EQUIVOCAS! EL PROGRAMA NO TENÍA BASTANTE PRESUPUESTO.
¡¡NO HA SIDO CULPA DE HANAMAKI!!
LE PIDO DISCULPAS POR NO HABERLE INFORMADO DE QUE EL VIAJE A MARRUECOS SE HABÍA CANCELADO.
POR ESO EN CUANTO HEMOS TERMINADO EL RODAJE HEMOS VENIDO AQUÍ ENSEGUIDA.
VETE A LA MIERDA.

ZUSH
ESTABA MUY PREOCUPADO POR TI...
PODRÍAS HABERME DICHO QUE TE QUEDABAS EN JAPÓN, ¡TONTA!
GIN...
NO ME DIGAS...

¡¡ESO ES DEMASIADO!! QUIERO ESTAR ALLÍ EN UNA HORA.
¡ME DA IGUAL SI TENEMOS QUE ALQUILAR UN CAZA!
¡¡GIN!!
¡¡BIENVENIDOOOOOOO!!
¡¿KI... KIRARA?!
¿SE... SE PUEDE SABER QUÉ ESTÁS HACIENDO TÚ AQUÍ?
TE HE VENIDO A BUSCAR PORQUE YA HEMOS TERMINADO EL TRABAJO.
NAGISA ME DIJO DÓNDE LLEGARÍAS.
LA VERDAD... ES QUE NO FUIMOS A MARRUECOS.

Y TÚ OLVIDA LO QUE HE DICHO DE DEJAR EL MUNDO DEL ESPECTÁCULO.
VALE...
ES LO MEJOR...
SI NO HUBIERA CONOCIDO A GIN, QUIZÁ HUBIERA LLEGADO A ENAMORARME DE HANAMAKI...
SEGURO QUE GIN ME APOYARÍA...
¿QUÉ TAL LA INVESTIGACIÓN?
TENEMOS LOS RESULTADOS, SEÑOR.
¿CUÁNTO SE TARDA EN LLEGAR A ESE ONSEN SECRETO DONDE ESTÁN KIRARA Y HANAMAKI?
APROXIMADAMENTE DOS HORAS.

TU TUM
FRUP
TU TUM
TU TUM
TU TUM
ENTONCES VEN CONMIGO...
SÍ... VALE...
TU TUM
TU TUM
TU TUM
CONFÍA EN MÍ.
SÍ.
HAZ CASO A LO QUE TE DIGO...
VALE.
Y ADEMÁS...
OLVIDA TODO LO QUE TE HE CONFESADO ANTES.

AH...
VEO QUE TIENES GANAS...
SÍ, CLARO QUE SÍ...
NO TIENES REMEDIO...
TU TUM
¡SONRÍE!

CUALQUIER PRÍNCIPE SE CANSARÍA DE MÍ SI HAGO ESO.
PARECE QUE ESTÉ HUYENDO DE GIN.
¡NI HABLAR! NO QUIERO QUE LAS COSAS SE ACABEN ASÍ.
¡QUIERO SER UNA SÚPER ESTRELLA! ¡UNA TOP IDOL!
¡Y QUIERO HACERLO POR MIS PROPIOS MÉRITOS!
¡¡ME ESFORZARÉ AL MÁXIMO!! ¡¡TENEMOS QUE SEGUIR TRABAJANDO JUNTOS!!

KIRARA...
AQUEL DÍA...
TÚ FUISTE EL HADA MADRINA QUE ME CONVIRTIÓ EN CENICIENTA.
PERO YO...
ME ESCAPÉ ANTES DE LA MEDIA-NOCHE...
CUANDO EL BAILE ACABABA DE COMENZAR.

HE ESTADO FRENANDO MIS INSTINTOS TODO ESTE TIEMPO...
¡¡PORQUE MI SUEÑO ERA EL DE CONVERTIRTE EN UNA GRAN ESTRELLA!!
¡AH!
UHN...
ES CIERTO...
EL MÉRITO ES SUYO...
GRACIAS A ÉL CONSEGUÍ MI SUEÑO...
GRACIAS A HANAMAKI...

FUE AMOR A PRIMERA VISTA...
OYE... ESPERA UN MOMENTO.
HANA-MAKI...
YO TAMPOCO HE OLVIDADO AQUEL DÍA...
SIN EMBAR-GO...
SI ABANDONAS EL MUNDO DEL ESPECTÁCULO, PIENSO ACOS-TARME CON-TIGO.

TÚ Y YO... YA NO SOMOS MÁNAGER Y PROTEGIDA...
¡¡PORQUE VAS A DEJAR EL MUNDO DEL ESPECTÁCULO!!
KIRARA...
TUTUM
TÚ...
ERAS MI SUEÑO.
NOS ENCONTRAMOS DE LA FORMA MÁS NATURAL...
ESCUCHÉ TU VOZ, CLARA Y FRESCA...
Y LUEGO VI TU PRECIOSA CARA SONRIENTE.

¡¡EL PAPEL DE KOUKI LO INTERPRETA KEPPEI YAMAGUCHI!!
¡¿LO DICES EN SERIO?! ¡¿ESTÁS SEGURO?!
¡¡ES UN ACTOR DE DOBLAJE MUY FAMOSO!! CUANDO PENSAMOS EN VOCES PARA LA SEGUNDA PARTE, YO DIJE QUE ME GUSTABA MUCHO LA VOZ DE KEPPEI. QUERÍA QUE FUERA UNO DE LOS PERSONAJES PRINCIPALES, PERO ME PARECÍA IMPOSIBLE... HUBIERA SIDO CAPAZ DE CREAR UN PERSONAJE ESPECIAL PARA ÉL SI ACEPTABA (RISAS), PERO AL FINAL ACEPTÓ Y NO ME LO PODÍA CREER. ERA DEMASIADO BONITO PARA SER VERDAD.

VOY A HACERLO CONTIGO.
¡¡HANA-MAKIIIIIII!!
KSH KSH
KSH KSH

LO SIENTO, PERO EN-TONCES YO...
YA NO TENGO MOTIVOS PARA RE-SISTIRME...
TU TUM
¿QUÉ?
¿QUE QUIERE DECIR CON ESO?
KIRARA...

QUIERO ESTAR CON GIN...
SERÍA FELIZ AUNQUE SÓLO ÉL ME QUISIERA.
MI CORAZÓN, MI CUERPO...
QUIERO QUE SEAN SÓLO DE GIN.
HASTA ESE PUNTO...
GIN TE HA...
O SEA...
QUE NI YO SERÉ TU MÁNAGER NI TU MI PROTEGIDA... ES ESO, ¿NO?

VOY A RETIRARME DEL MUNDO DEL ESPEC-TÁCULO...

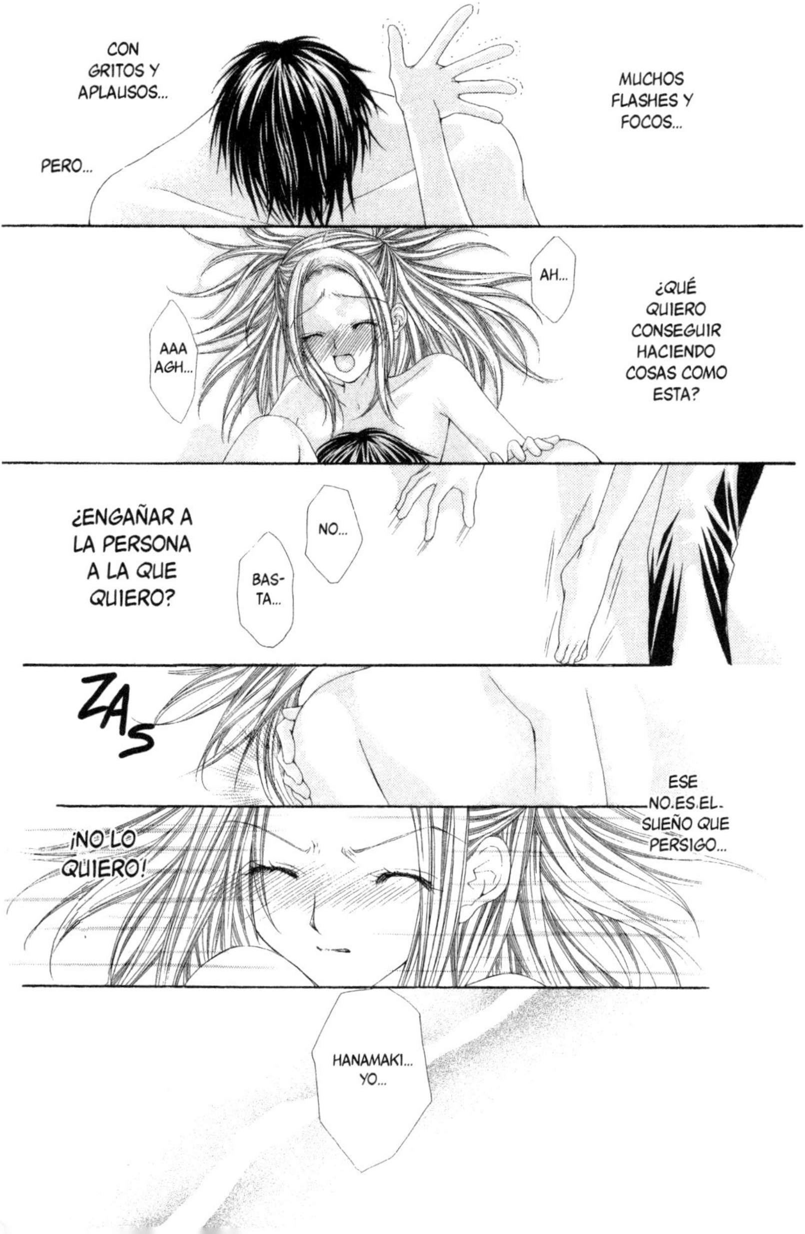
MUCHOS FLASHES Y FOCOS...
CON GRITOS Y APLAUSOS...
PERO...
AH...
¿QUÉ QUIERO CONSEGUIR HACIENDO COSAS COMO ESTA?
AAA AGH...
NO...
BAS- TA...
¿ENGAÑAR A LA PERSONA A LA QUE QUIERO?
ZAS
ESE NO ES EL SUEÑO QUE PERSIGO...
¡NO LO QUIERO!
HANAMAKI... YO...

MUEVE MÁS LAS CADERAS...
NO TENGO SUFICIENTE FUERZA EN LOS BRAZOS...
ES COMO SI HUBIERA ESTADO SOÑANDO...
EL CAMINO HACIA LA CIMA JUNTO A HANAMAKI.
¡ESTA VEZ TIENE QUE SALIR BIEN!
¡CLARO! ¡CONFÍA EN MÍ!

NO PUEDE SER...
QUE ME HAYA ENAMORADO...
HA...
AH...
UHM...
AGH...
MUY BIEN, ASÍ, GIME SIN MIEDO...
BUENA CHICA... SIGUE ASÍ...
¡AGH!

ERES UN IMPACIENTE... GIN...
ESTO NO ES PROPIO DE MÍ...
NO PASA NADA... ELLA ES MÍA Y SÓLO MÍA.
NO SÉ IRÁ A NINGUNA PARTE...
NO ME VA A TRAICIONAR.
TU TUM
TU TUM
TU TUM
TU TUM
....

PERO AHÍ NO SE VE NADA.
YA...
ESO ES POR CULPA DEL CLIMA DE LAS MONTAÑAS...
NO PODEMOS VER NADA POR CULPA DE LAS NUBES, SON MUY ESPESAS.
NO IMAGE
¡¿CUÁNDO CREES QUE MEJORARÁ EL TIEMPO?!
ESTOY INTENTANDO AVERIGUARLO.
¡¡MIERDA!!
PLAM
¡CON ESO NO VOY A NINGUNA PARTE!
¿CUÁNTO SE TARDA EN LLEGAR A JAPÓN?
EN UNAS QUINCE HORAS, SEÑOR.
QUINCE...
QUINCE HORAS...

PERO... NO SÉ SI ESTO ESTÁ BIEN...
¡AAAAAAAGH!
¡¡LA HEMOS ENCONTRADO!! ¡¡TENEMOS LA LOCALIZACIÓN EXACTA DE KIRARA NAKAZANO Y SU MÁNAGER!!
¡¡GENIAL!! EL SATÉLITE ESTADOUNI-DENSE ES INCREÍBLE...
TAK TAK TAK TAK
ESTÁ EN EL ESPACIO, PERO PUEDE SABER HASTA LO QUE VAS A CENAR ESE DÍA.

AH...
UHM.
USA LA LENGUA...
UGHM...
¿TE DA IGUAL QUE GIN SE CANSE DE TI?
AH...
NO QUIERO QUE ME DEJE...
NO QUIERO QUE SE CANSE DE MÍ...
QUIERO QUE ME QUIERA SIEMPRE...

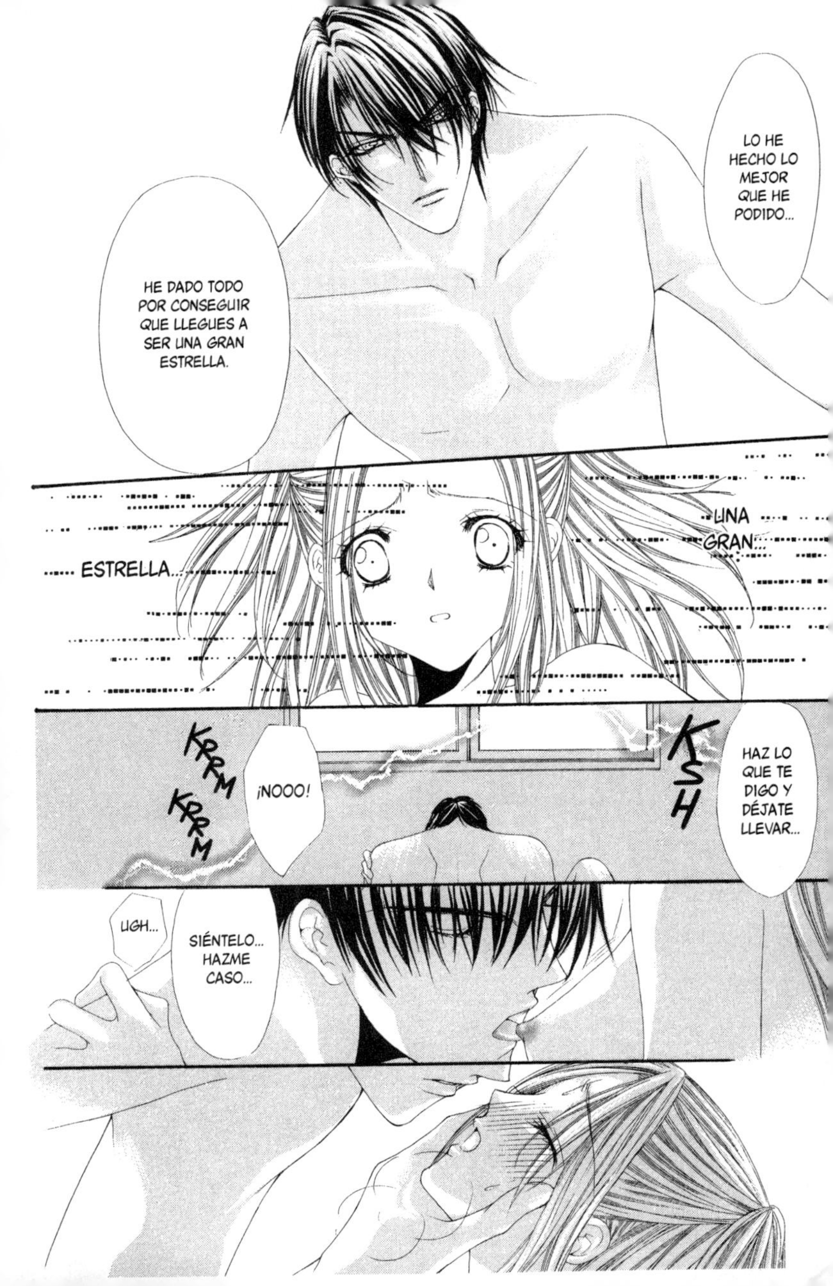
LO HE HECHO LO MEJOR QUE HE PODIDO...
HE DADO TODO POR CONSEGUIR QUE LLEGUES A SER UNA GRAN ESTRELLA.
UNA GRAN...
...... ESTRELLA...
KSH
HAZ LO QUE TE DIGO Y DÉJATE LLEVAR...
¡NOOO!
KRRM
KRRM
SIÉNTELO... HAZME CASO...
UGH...

POR ESO Y PARA QUE NO SE CANSE DE TI...
LO MEJOR ES ENTRENAR TU CUERPO.
HA... HANA-MAKI...
¿PERO QUÉ...?
LO HAGO POR TI...
KIRA-RA...
¡¡NO QUIERO!!
YO... YO NO ME HE ACOSTADO CON GIN POR ESO...
¡HAZ LO QUE TE DIGO, KIRARA!
SH
¡AAAH!

¿QUÉ... QUÉ PRETENDES HACER?
AHORA ERES UNA IDOL Y LA GENTE DESEA TU CUERPO. YA TE HAS DESNUDADO ANTE TODO EL MUNDO, PERO...
POR MUY SEXY O ATREVI-DA QUE SEAS...
TODO TIENE UN LÍMI-TE...
Y LOS HOM-BRES SE CANSAN DE VER SIEM-PRE EL MISMO CUERPO.
POR ESO ES NECESARIO QUE TE PREPARE PARA CUANDO LLEGUE ESE MOMENTO.
¡¡TE HAS ACOSTADO CON GIN!!

AH...
KIRARA...
ESTO ES UNA CLASE PRÁCTICA DE SEXO.
KSH
KRRM KRRM
PE...
PERO...
HANA-MAK...
AAAAAGH
FRASH

SHAAA
KRRM KRRM
AH...
LO... LO SIENTO...
NO SABÍA QUE TE IBAS A CAMBIAR...
TAP
AH...
CRE... CREO QUE YO...
ME VOY A CAMBIAR YO SOLA AUNQUE TARDE UN POCO MÁS.

DESDE QUE LO HICIMOS PARECE QUE NOS QUERAMOS MUCHO MÁS...
FLASH
QUIERO ESTAR MÁS TIEMPO CON ÉL... ESTAR JUNTOS PARA SIEMPRE... Y HACER EL AMOR MUCHAS VECES.
KRRM
¡AAAAAAAAAAAAH!
ESTOY TRANQUILA SI ESTAMOS SEPARADOS, PERO NADA COMPARADO A CUANDO ESTOY CON ÉL.
¡¡HANAMAKI!! ¡UN RAYO... HA CAÍDO UN RAYO AQUÍ CERCA!

ESPERA AQUÍ... TE VOY A TRAER UNA TOALLA.
SHAN
GIN...
¡¡GIN!!
NO HAY COBERTURA...
Y GIN DEBE PENSAR QUE ESTOY EN MARRUECOS.
SI YO NO ESTUVIERA...
NO PODRÍAS VESTIRTE SOLA SI QUIERA, ¿SABES?

TENGO UN MAL PRESENTIMIENTO...
EN UNA MONTAÑA DESIERTA...
EN UNA PEQUEÑA CABAÑA...
UN DÍA DE LLUVIA...
GIN... ¿QUÉ DEBE DE ESTAR HACIENDO AHORA?
HOY...
CREO QUE TENDREMOS QUE QUE-DARNOS AQUÍ.
ESTAMOS EMPAPADOS, SERÁ MEJOR QUITARNOS LA ROPA.
PAT
NO...
BUENO... COMO QUIERAS.

EL SATÉLITE MILITAR DE VUESTRO PAÍS.
(Your country's military satellite)
¿ENTONCES SÍ?
(It's OK?)
SHAAAA
SE HA PUESTO A LLOVER DE RE-PENTE.
SÍ... EL TIEMPO EN LA MONTAÑA CAMBIA CON FA-CILIDAD.
LO MEJOR ES QUE NOS RESGUAR-DEMOS CUANTO ANTES.
¿TIENES FRÍO, KIRARA?
ESTOY BIEN.
PARECE QUE EL RODAJE VA A SER MÁS LARGO DE LO PREVISTO.

CLAC
BIP BIP BIP
BIP BIP
TU RU RU RU RU
¡HOLA! ¡CUÁNTO TIEMPO!
(Hey!! Haven't seen you in a long time.)
SÍ, SOY YO, GIN.
(Ya,it's me.Gin)
AHA...
(Uh…)
ME GUSTARÍA PEDIRTE PRESTADA UNA COSA...
(There's something I want to borrow from you.)
ラブセレブ
KING+EGOIST

KLANK
KIRARA ESTÁ...
CON ESE PERVERTIDO DE HANA-MAKI...
¡FUERA DE MI VISTA, INCOM-PETENTE! ¡AHORA DARÉ YO LAS ÓRDENES!
¡UTILIZAD LOS SISTEMAS QUE EL FUJIWARA GROUP TIENE REPARTIDOS POR TODO EL MUNDO PARA ENCONTRAR A KIRARA!
¡LO PRIMERO ES AVERIGUAR SI HA SALIDO DE JAPÓN!
SI SIGUE EN JAPÓN, VOLVEREMOS ALLÍ INMEDIA-TAMENTE.

VUELVE A EXPLICÁRMELO.
PUES... RESULTA QUE...
NO HA ENTRADO EN EL PAÍS NINGUNA CHICA CON EL NOMBRE DE KIRARA NAKAZONO.
HEMOS RECIBIDO UNA LLAMADA DE LA SEDE FUJIWARA EN MARRUECOS Y...
Y... ¿POR QUÉ HAS ESPERADO HASTA AHORA PARA DECÍRMELO?
E... ESTABA USTED DESCANSANDO Y NO QUERÍA MOLESTAR.
ENTONCES, ¿DÓNDE ESTÁ KIRARA?
PUES NO SABRÍA DECIRLE...
¡¿QUÉ PASARÍA SI LOS PRECIOS CAYERAN EN PICADO Y VUESTRO JEFE ESTUVIERA DURMIENDO?! ¡¿NO LE DESPERTARÍAIS?!
¡¡EN CASOS ASÍ, CADA MINUTO Y CADA SEGUNDO CUENTAN!!

ENTONCES YO TE DES-NUDARÉ.
ZUSH
GIN...
PE... PERO...
GIN...
NO...
POR FAVOR, NO SIGAS...
¡¡GIN!!

LO DE...
QUE ME DIERA UN BESO...
TU-TUM
¡AY!
¿QUÉ TE PASA, KIRARA?
CUANDO LEVANTO ESTE BRAZO ME DUELE.
QUIZÁ ME HE HECHO DAÑO CUANDO ME HE RESBALADO.
A VER... DÉJAME...
AH...
¿TE DUELE AHÍ?
¡AY!
¡ME DUELE! ME DUELE MUCHO...
VAYA, HOMBRE...

¡TIENES QUE TENER MÁS CUIDADO! ¡TU CUERPO ES TU HERRAMIENTA DE TRABAJO Y SI TE HACES CUALQUIER HERIDA PODRÍA SER EL FIN!
PE... PERDÓNAME...
Y AHORA CÁMBIATE, TENEMOS QUE EMPEZAR CON EL RODAJE.
COMO ES UN REPORTAJE EN UN ONSEN BASTARÁ CON QUE TE PONGAS UNA TOALLA DE BAÑO.
VALE...
ERES UNA MALPENSADA, KIRARA...
HANAMAKI ES MI MÁNAGER...
HEMOS VENIDO AQUÍ SOLOS COMO HEMOS IDO A TODAS PARTES JUNTOS OTRAS VECES.
SÓLO ME MORDIÓ LOS PEZONES EN LAS PRÁCTICAS DE PREPARACIÓN AL SEXO.
BLUSH
BLUSH
SIN EMBARGO...

¡SERÁS TONTA! ¡CUIDADO O TE CAERÁS!
GHUK
EH...
ZAS
AH...
ZAS ZAS ZAS ZAS ZAS
¡AAAAAAAAAAAGH!
ZAS
¡¡KIRA-RA!!
¡¡ERES UN PATOSA!! ¿SE PUEDE SABER EN QUÉ ESTABAS PENSANDO?
KRRM KRRM
LO SIENTO.

NO SERÁ QUE ME HA TRAÍDO AQUÍ, QUE NO HAY NADIE PARA...
AH...
¿HANA-MAKI NO QUERRÁ...?
ES-TO...
ESPERO QUE NO SEA...
YO...
BLUSH
TAP
EH... KIRARA...

¡EL CD DRAMA 2 A LA VENTA A PARTIR DEL DÍA 24 DE JULIO!
DESPUÉS DE LAS BUENAS CRÍTICAS QUE RECIBIÓ EL PRIMER CD, AHORA PRESENTAMOS EL NÚMERO DOS. ¡¡ESTÁ CALENTITO Y LISTO PARA CAER EN VUESTRAS MANOS!! ESPERO QUE OS GUSTE TANTO COMO A MÍ, ME HA ENCANTADO LA ADAPTACIÓN QUE HAN HECHO DEL GUIÓN.
LA ÚLTIMA VEZ PENSÉ QUE QUIZÁ, AUNQUE LA GENTE NO CONOCIERA LOVE CELEB PODRÍA DISFRUTAR DE LA HISTORIA Y DE LOS MAGNÍFICOS ACTORES. ESTA VEZ CREO QUE SERÁ AÚN MEJOR, CUALQUIERA QUE LO ESCUCHE PODRÁ PASAR UN BUEN RATO, AUNQUE NO CONOZCA LA SERIE DE ANTEMANO. ¡LA OTRA VEZ TUVIMOS A SAKUYA Y ESTA VEZ TENDREMOS A KOUKI! ¡MENUDO PAR DE VOCES!

ラブ★セレブ
KING+EGOIST

ADEMÁS... TAMPOCO HABRÁ NADIE TRABAJANDO AQUÍ...
POR CUESTIONES DE PRESUPUESTO, TAMBIÉN HAN ELIMINADO A TODO EL PERSONAL.
¿CÓMO?
ESTA VEZ YO SERÉ EL CÁMARA.
NO... ME LO PUEDO CREER...
¡HANAMAKI Y YO ESTAMOS SOLOS Y EN LO MÁS PROFUNDO DEL BOSQUE!
MIEN-TRAS, GIN...
HUM...
SEXO...
NYA NYA

YA TENGO GANAS DE VER LA CARA DE SORPRESA QUE VA A PONER CUANDO ME VEA.
SOR PRESA
E... ESTO...
¡¿ESTO ES MARRUECOS?!
NO... ¡ESTAMOS EN JAPÓN!
JAPAN!!
¡¿CÓMO?!
POR PROBLEMAS CON EL PRESUPUESTO DEL PROGRAMA, HA HABIDO UN CAMBIO DE PLANES.
Y AHORA SE LLAMARÁ "SENSUALIDAD EN EL ONSEN SECRETO" (*)
......
PERO LO DE LAS "SENSUALIDAD" NO CAMBIA, POR LO VISTO..."
(*) N.C.R.: "ONSEN" SIGNIFICA BAÑOS TERMALES.

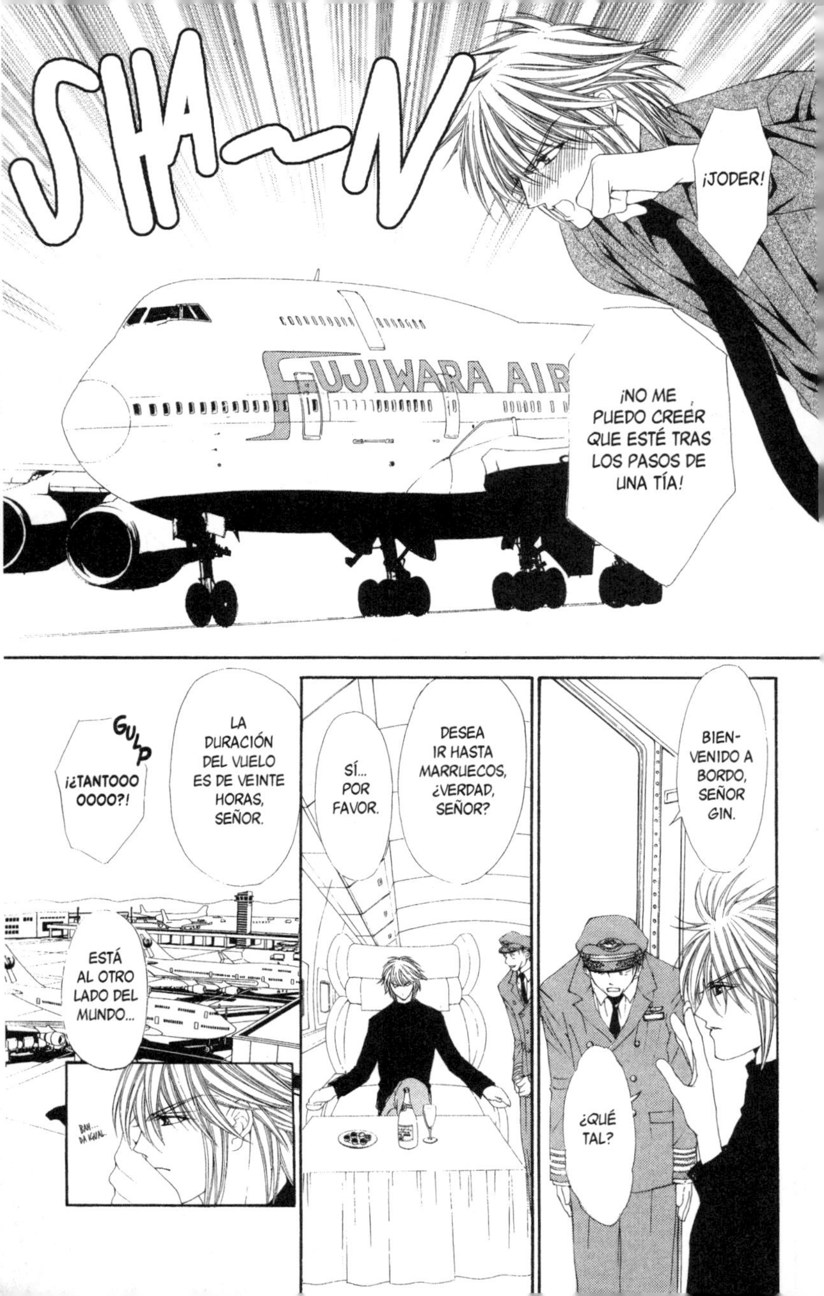
SHA~~N
¡JODER!
FUJIWARA AIR
¡NO ME PUEDO CREER QUE ESTÉ TRAS LOS PASOS DE UNA TÍA!
BIEN-VENIDO A BORDO, SEÑOR GIN.
¿QUÉ TAL?
DESEA IR HASTA MARRUECOS, ¿VERDAD, SEÑOR?
SÍ... POR FAVOR.
LA DURACIÓN DEL VUELO ES DE VEINTE HORAS, SEÑOR.
GULP
¡¿TANTOOOOOOO?!
ESTÁ AL OTRO LADO DEL MUNDO...
BAH... DA IGUAL.

UGH...
AAAA AAGH...
MÁS...
SÍ...
SEÑORITA KIRARA NAKAZONO
AGH...
UHM...
AH...
GIN...
PLUMSH~
¿VA-MOS JUN-TOS?
¡¿QUÉ?!
¿DÓNDE?
MA-RRUE-COS.
......

NO PUEDO DECIRLE QUE NO...
A GIN NO PUEDO...
HARÉ QUE TU CUERPO ME RECUERDE TODA LA SEMANA.
IMPOSIBLE...
AH...
UGH...
GIN...
AGH...
KIRA-RA...

MUY BIEN, ENTONCES...
AH...
AQUÍ NO...
TU TUM TU TUM
NO... GIN...
AGH.
LO HAREMOS AQUÍ.
NO PUEDE SALIRTE MAL...
PERO...

BUE-NO...
ESTA NOCHE LO HAREMOS POR UNA SEMANA ENTERA.
ES QUE... YO...
¡QUIERO HACERLO!
ME VOY A CASA... TENGO QUE PREPARAR LAS MALETAS PARA EL VIAJE.
GRAB
FRUP

¡¡ESO ES IMPOSIBLE!!
¡¿INTENTAS DECIRME QUE VAMOS A ESTAR UNA SEMANA ENTERA SIN SEXO?!
¡¿DESPUÉS DE HABERLO HECHO POR FIN?!
¡¡TE HE ESTADO ESPERANDO MEDIO AÑO DE MI VIDA!!
NI SIQUIERA HACIÉNDOLO UNA SEMANA ENTERA NOS PONDRÍAMOS AL DÍA...
AGH
GI... GIN... POR FAVOR, DEJA DE GRITAR.
ESTAMOS EN LOS CAMERINOS.
HUM
¡¡MIERDA!!
LO SIENTO MUCHO...

KIRARA... EL PRÓXIMO TRABAJO NO PUEDE SALIRTE MAL...
PORQUE ESA GENTE HA PAGADO POR VER TU TALENTO.
NO ME DECEPCIONES...
MI TALENTO...
¡¿MAÑANA?! ¡¿UNA SEMANA?! ¡¿A MARRUECOS?!
KIRARA NAKAZONO
MADRE MÍA...
BR
BR

NO VUELVAS A ACOSTARTE CON GIN.
¿QUÉ?
¡AH, PERFECTO! MAÑANA NOS VAMOS A RODAR A MARRUECOS Y ESTAREMOS ALLÍ UNA SEMANA.
¡¿MAÑANA?! ¡¿UNA SEMANA?! ¡¿A MARRUECOS?!
EL PROGRAMA SE LLAMA "SENSACIONES EN MARRUECOS".
¡¿SENSACIONES EN MARRUECOS?!
ESTE TRABAJO TAMBIÉN HA SALIDO A RAÍZ DE TU APARICIÓN DEL OTRO DÍA...
DE DESNUDARTE UN POCO PASARÁS A HACERLO... ¡CON ALEGRÍA!
CON ALEGRÍA, ¿NO?

¡¡LO SIENTO MUCHOOO!!
¡EL RODAJE HA SIDO UN DESASTRE POR MI CULPA!
NO VOLVERÁ A SUCEDER...
TE LO ASE-GURO.
¿EH?
EL OTRO DÍA TE VIERON APARECER EN EL PROGRAMA NOCTURNO Y LES GUSTASTE. POR ESO TE HAN DADO EL TRABAJO.
CREÍAN QUE TU DESCARO SERÍA PERFECTO PARA ESE ANUNCIO.
SIN EMBARGO... HOY HAS ESTADO INCREÍBLEMENTE SEXY Y ATRAC-TIVA...
BLUSH!
YO... YO...
KIRARA... AÚN NO ES DEMASIADO TARDE.

¿POR QUÉ TE AVERGÜENZAS DE TU PROPIO CUERPO?
SÍ...
¡¡QUÉ CORTEEE EEEEEE!!
SÍ...
LO SIEN-TO...
CON PER-MISO.
¡¡HANA-MAKI!!

¡¡ÉL ES EL ÚNICO QUE SABE QUE YA NO SOY VIRGEN!!
¡¡UN POCO MÁS DE PICARDÍA, KIRARA!!
MI...
DESCO-NOCIDA KIRARA...
KIRARA...
EN UNA NOCHE HAS CAMBIADO TANTO...

TU TUM
HANAMAKI...
AH...
QUE VERGÜENZAAAAAA...
¡NO QUIERO QUE HANAMAKI ME MIRE!

¿LO HABRÁ HECHO PARA MOLESTARME?
¿PRETENDÍA ACOSARME?
SIENTO COMO SI FUERA MALA POR LO QUE HE HECHO...
¡KIRARA!
INTENTA RELAJARTE UN POQUITO, ¡TÚ PUEDES!
¿QUÉ TE PASA, KIRARA?
LA OTRA VEZ LO HICISTE TAN BIEN...
LO SIENTO...
TODAVÍA NO SE HA ACOSTUMBRADO A ESTO...
¡TENGO QUE HACERLO! AUNQUE ME DÉ TANTO CORTE...
NADIE SE DARÁ CUENTA DEL CAMBIO QUE HA EXPERIMENTADO MI CUERPO...
TU-TUM

¿CÓMO?
LO DICHO...
CÁMBIATE ENSE-GUIDA.
NO QUIERO QUE ESTO SALGA MAL.
BLAM
ZUSH
¿POR QUÉ?
ZU ZUSH
TUTUM
TUTUM
TUTUM
¡¿A QUÉ HA VENIDO ESE BESO?!

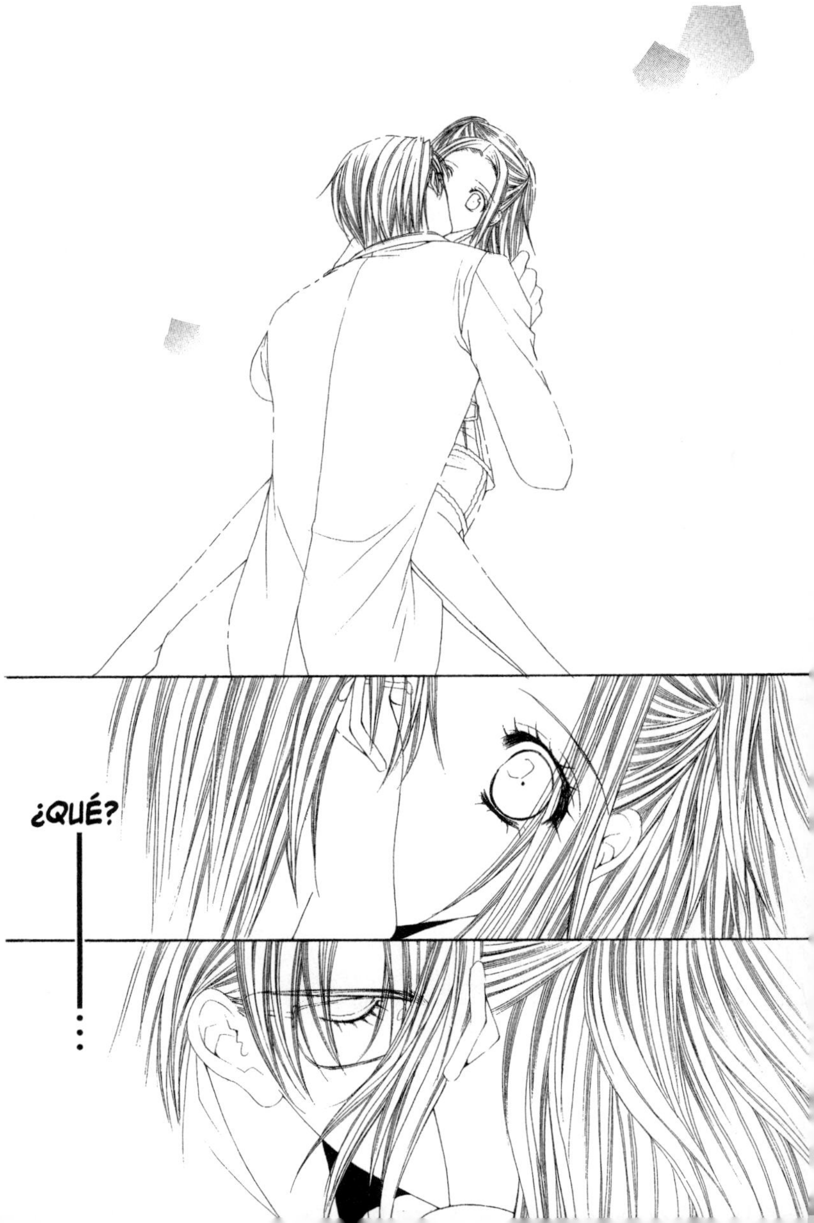
¿QUÉ?
—...

NO PUEDO SOPORTARLO...
ME DA MUCHÍSIMO CORTE...
AHORA MISMO... ME SIENTO TAN SUCIA...
YA VEO...
CON GIN...
LO SIENTO MUCHO...
POR FAVOR, NO TE ENFADES CONMIGO...
ME ARREPIENTO, DE VERDAD...

ES QUE YO...
YA NO SOY VIRGEN.
ANOCHE...
ME ACOSTÉ CON GIN.
LO HEMOS ESTADO HACIENDO TODA LA NOCHE.
LO SIENTO MUCHO, HANAMAKI.
PERDÓNAME, POR FAVOR.
ME DA MUCHA VERGÜENZA...
NO QUIERO QUE NADIE ME VEA DESNUDA.
SIENTO QUE ALGO HA CAMBIADO EN MÍ.

¡¡AAAAAH!! ¡¡SUÉLTAMEEEE!!
¡¡HAZ EL FAVOR DE COMPORTARTE!!
¿POR QUÉ ME HACES ESTO, HANAMAKI?
¡CÁLLATE Y DESNÚDATE! ¡TIENES QUE CAMBIARTE!
EL RODAJE DEL ANUNCIO ESTÁ A PUNTO DE EMPEZAR.
¡¡NO QUIEROOOOOO!!
¡A ESTO NO SE LE PUEDE LLAMAR VESTUARIO!
CUBRIRSE EL CUERPO CON CINTA ADHESIVA... ¡ES ASQUEROSO!
LA OTRA VEZ FUE SÓLO ESPUMA...
NO SÉ A QUÉ VIENE TANTA TONTERÍA.

A KIRARA LO QUE MÁS LE PONE ES HACERLO A CUATRO PATAS.
HASTA LUEGO.
¿DE QUÉ DEBEN ESTAR HABLANDO?
?
KIRARA...
TE IRÉ A BUSCAR EN CUANTO TERMINE EL TRABAJO PENDIENTE.
¡VALE!

TÓMAME AQUÍ Y AHORA... CUANTO ANTES...
¡HOMBRE, HARAMAKI!
TU TUM
ES HANAMAKI.
GRACIAS POR LOS CONSEJOS QUE ME DISTE LA OTRA VEZ QUE NOS VIMOS.
AQUELLO DE QUE A KIRARA LE GUSTA QUE LE ACARICIEN EL PEZÓN IZQUIERDO...
PARA AGRADE-CÉRTELO, YO TE CONTARÉ OTRO SECRETO.

BUENOS DÍAS...
CUÁNTO TIEMPO SIN VEROS.
BU... BUENOS DÍAS TENGA USTED, JE... JEFE...
BIENVENIDO DE NUEVO A LA BUJI TV.
¡¡BUENOS DÍAS, SEÑOR GIN!!
TU TUM
TU TUM
TU TUM
MADRE MÍA... CUÁNTA TENSIÓN EN EL AMBIENTE.
SIENTO CALOR DENTRO DE MÍ...
NO LO ENTIENDO... SEGURO QUE ES CULPA DE GIN...
GIN... GIN... VA... POR FAVOR...

BLAM
¡ES GIN!
EL SEÑOR GIN, ¿NO?
¡AH!
¡GIN HA VUELTO!
HA RECUPERADO TODO LO QUE LE QUITÓ LA EMPRESA DE LOS INUZUKA...
GIN VUELVE A DIRIGIRLO TODO, ¿VERDAD?
BLAH BLAH
Y YO QUE CREÍA QUE ERA EL TÍPICO NIÑO DE PAPÁ MUJERIEGO Y CAPRICHOSO.
PERO EN REALIDAD NO ES ASÍ.
CHIK
NO HAY QUE FIARSE DE SU APARIENCIA...
SU BELLEZA CAMUFLA PERFEC-TAMENTE LO QUE HAY DETRÁS.

GIIIIN...
NO SÉ QUÉ ME ESTÁ PASANDO...
ALARM
AL ON/OFF
2:00
BIP BIP
AAAAGH...
LAS DOS DE LA MADRUGADA... HE SENTIDO UN PLACER QUE JAMÁS HABÍA SENTIDO ANTES.
SKRIII

ESTA VEZ SEGURO QUE TE GUSTARÁ MUCHO MÁS.
TU TUM
TU TUM
¿YA NO ME DOLERÁ?
TU TUM
NO... IRÁ A MENOS A MEDIDA QUE PASE EL TIEMPO...
LA PRIMERA VEZ FUE COMO SI GIN ENTRARA EN MI CUERPO EN SUEÑOS, PERO...
CUANDO AMANEZ-CA...
GEMIRÁS MIENTRAS ME PIDES MÁS Y MÁS.
AHORA YA...
TU TUM

Y TÚ...
¿HABÍAS PENSADO EN CÓMO SERÍA HACERLO CONMIGO?
TU TUM
¿EH?
PUES... SÍ...
Y ME HA DOLIDO, PERO...
ME PREGUNTO SI LA PRÓXIMA VEZ YA NO DOLERÁ...
GIN... PODRÍAS...
¿PODRÍAS PROBAR?

OYE... GIN...
¿HUM?
¿ESTÁS DESPIER-TO?
SÍ, ESTOY DES-PIERTO.
Y... ¿EN QUÉ ESTÁS PENSAN-DO?
PUES EN QUE CUANDO TE ACUESTAS CON LA CHICA QUE TE GUSTA DE VERDAD...
¿EH?
LA SENSACIÓN ES REALMENTE INCREÍBLE.
TU-TUM
LA CHICA QUE LE GUSTA DE VERDAD...

¡¡CD DRAMA A LA VENTA!!
DESPUÉS DE LA FABULOSA ACOGIDA DEL PRIMER CD DRAMA Y GRACIAS A TODOS VOSOTROS, HEMOS DECIDIDO HACER UN SEGUNDO CD. ¡MUCHÍSIMAS GRACIAS POR APOYARNOS CON EL NÚMERO UNO! UNA VEZ MÁS, LOS ACTORES ERAN ESTUPENDOS... KIRARA MONÍSIMA, HANAMAKI DIVERTIDO... ME QUEDÉ MUY SATISFECHA DEL TRABAJO DE TODO EL MUNDO. EL DIRECTOR, QUE CONSIGUIÓ ADAPTAR EL GUIÓN PERFECTAMENTE, FUE INCREÍBLE Y ME HIZO MUY FELIZ. EL RESULTADO ES UNA OBRA ENTRETENIDA Y CON UN SONIDO Y UNAS VOCES EXCELENTES.

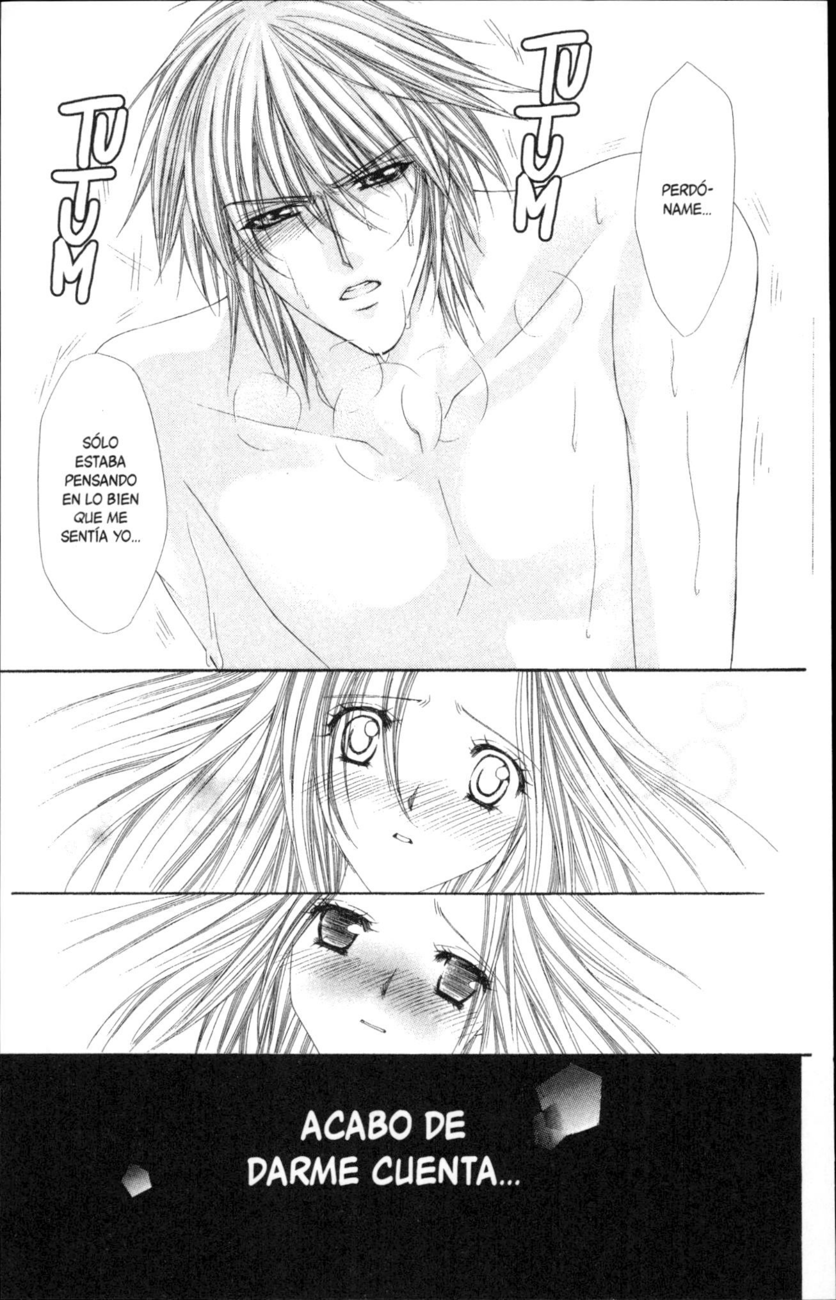
TU TUM
PERDÓ-
NAME...
TU TUM
SÓLO ESTABA PENSANDO EN LO BIEN QUE ME SENTÍA YO...
ACABO DE DARME CUENTA...

¡¡GIN!!
NO SABES CUÁNTO DESEABA ESCUCHAR ESAS PALABRAS...
AY...
AH...
¿TE DUELE?
LO... LO SIENTO MUCHO... KIRARA...
...

GIN...

PORQUE YO...
TE QUIERO...

QUIERO PONERTE MÁS CALIENTE...
AÚN NO TENGO BASTANTE...
QUIERO SENTIRTE MÁS Y MÁS...

TU TUM
GIN...
MÁS...

AAAAAGH...
PARECE MAGIA...
CADA PARTE DE MI CUERPO EN LA QUE SE POSAN SUS LABIOS...
SE CALIENTA... MÁS Y MÁS...
Y SU CUERPO...
AH...

AL RESTO DEL CUERPO...
GIN... PARECE QUE SE TE HA ENFRIADO TODO EL CUERPO...
ESO DEBE DE SER PORQUE TU CUERPO NO ESTÁ LO BASTANTE CALIENTE...
¿QUÉ TAL SI... TE CALIENTO YO A TI?

PERO... TÚ ME HARÁS...
ENTRAR EN CALOR, ¿VERDAD?
CLARO QUE SÍ...
DESDE LOS LABIOS...

¡¡Y QUE NO SE TE CAIGA NINGUNA, QUE NO QUIERO QUEDARME SIN HACERLO NI UNA VEZ!!
HUH
ESTÁN MUY FRÍAS...
GIN... ¿NO TIENES FRÍO?
SÍ... ESTOY MOJADO Y TENGO FRÍO...

PLASH
¡¡GIN!! ¡NO HACE FALTA QUE LO HAGAS! ¡SAL DE LA PISCINA!
PLASH
¡¡VAS A PILLAR UN BUEN RESFRIADO, GIN!!
HAFF
¡¡GIN!!
PON LAS MANOS.
ANTES SAL DE AHÍ...
¡TE DIGO QUE LAS PONGAS!
VA-LE...
ZAS

BUENO, SI NO HAY MÁS REMEDIO...
GIN... NO... LO HAGAS...
POR CADA DIAMANTE, LO HARE-MOS UNA VEZ.
NUSH
¡¡ESPERA GIIIIN!!
SPLASH
¡¡GIN!!

VENGA, VAMOS DENTRO O TE RESFRIARÁS.
GI... GIN... ¿QUÉ ES ESO?
¿QUÉ HAY FLOTANDO EN LA PISCINA? ¡BRILLA MUCHO!
AAAH... ESO.
DIAMANTES.
¿QUÉ? ¿Y SON DE VERDAD?
COMO EN INVIERNO NADIE USA ESTA PISCINA LAS PUSIMOS PARA QUE NO HICIERA FALTA LUZ...
BRILLA POR SÍ SOLA.
AH... VALE...
¿QUÉ TE PASA? ¿LOS QUIERES?
¿QUÉ? NO, NO HE DICHO ESO...

¡UAU! ¡ES INCREÍBLE!
¡¡LA HABITACIÓN TIENE PISCINA!!
MANDÉ CONSTRUIR ESTA HABITACIÓN ENCIMA DE LA FUJIWARA TOWER, EL EDIFICIO MÁS ALTO EN EL CENTRO DE LA CIUDAD.
AQUÍ PODEMOS HACER TODAS LAS COCHINADAS QUE QUERAMOS.
¿EN SERIO?
SÓLO LAS ESTRELLAS SERÁN TESTIGOS DEL SEXO ENTRE TÚ Y YO.
BLUSH

LAS MARCAS...
TE HARÉ EL AMOR...
DE HOY NO PASA.
¿SE HAN IDO?
TU-TUM
HOY GIN ESTÁ MÁS GUAPO QUE NUNCA...
TU TUM
TU TUM
TU TUM
TU TUM
¡¿POR QUÉ CADA VEZ ES MEJOR?!

UHM...
UHMM.
AH...
GIN... ERA VERDAD... HAS VENIDO A BUSCARME...
TE LO PROMETÍ, ¿NO?
FRASH
TE DIJE QUE LO RECUPERARÍA TODO...
CUANDO ESAS MARCAS DESAPARECIERAN...

SPECIAL THANKS!!

comic staff
SATOMI . NARUKE
YO-KO . HIRAI
MEGUMI. FURUTA
JUNKO · TAKAHASHI
CHIEKO . MAEDA
MASAMI . ASAI
MISUZU. SHINODA
NAGISA . SHIMIZU
RIN . AYUMI
GEST
MIYAKO . FUJIOMI

web staff
REIZENDO are
MICHRU . SHIMIZU
(web Desiner Director)
TATSUYA. IIDA
(SHIMIZU support)
TAKASHI. HARAGUCHI
(Flash)
GOUSUKE . MIYASHITA
(system Engineer)
KAYOKO. ONO
(KEITAI site)
AYUMI . KIKUCHI
(English site)

MAC SPECIAL SUPPORT
NOBUYUKI. KIKUCHI

and
all FANS !!

SHAN
¡PERO BUENO!
INUZUKA... HA SIDO MUY DIVERTIDO.
HAS HECHO DESAPARECER CUALQUIER RASTRO DE ABURRI-MIENTO.

ZUASH
Y AHORA VÁMONOS, KIRARA.
ME LLEVO DE VUELTA A MI CENICIENTA.
TU TUM
GIN...
¡¡ESPE-RAD UN MOMENTO!!
¡¿CREES QUE ME VOY A TRAGAR ESE CUEN-TO?!
LO DE TUS MÉRITOS Y TU FORMA DE RECUPERAR TU PROPIE-DADES...
...

DEBES TENER SIEMPRE LISTAS Y AFILADAS LAS ES-PINAS...
FRUSH
¡PERO NO DEJES QUE NADIE LAS VEA!
DESDE AHORA...
NO PENSARÉ EN NADA QUE NO SEA CLAVÁRTELAS CON FUERZA.

¡¿NEGOCIOS?! ¡VENGA, NO ME HAGAS REÍR!
¡PERO SI TÚ SÓLO ERES UNA CARA BONITA! ¿QUÉ SABES HACER?
A PARTE DE PASEAR MODELITOS Y JUGAR CON LAS CHICAS.
DESDE SIEMPRE...
MI PADRE, AL MIRARME, DECÍA...
GIN... TIENES QUE SER COMO UNA ROSA...
QUE DE TI EMANE EL MEJOR PERFUME, QUE TU BELLEZA ROBE CORAZONES...
Y CON ESA MISMA BELLEZA...

RIS
RIS
RIS
¡ESPERA! ¿QUÉ ESTÁS HACIENDO? ¡¿TE HAS VUELTO LOCO?!
¡¡SÓLO PODÍAS RECUPERAR LAS POSESIONES DE LOS FUJIWARA SI POSEÍAS ESE DOCUMENTO!!
NO LO NECESITO...
RIS
RECUPERARÉ TODO LO QUE NOS PERTENECE...
HACIENDO NEGOCIOS, POR SUPUESTO.

¡LOS CHICOS DE LA CLASE DE GIN!
VAYA, VAYA...
PERO SI TENEMOS VISITA...
MUY BIEN HECHO, AYU.
ASÍ QUE ESTE ES EL PAPEL CON EL QUE ENGAÑARON A KIN...
¡¿TE SIENTES ORGULLOSO?!
ESO ES LO QUE CERTIFICA...
RISRIS
QUE YA NO ERES...

¡¡MUERE!!
¡¡GIN!!
TAK
NO PIENSO PERMI- TIR...
¡¡QUE LE PONGAS NI UN DEDO ENCIMA A MI SEÑOR GIN!!

NO SÉ DE QUÉ MÉRITOS HABLAS.
SI CREES QUE ME VAS A QUITAR TODO LO QUE POSEO POR LA FUERZA, QUE SEPAS QUE...
TIP TIP TIP
¿ES ESTA LA ESCRITURA DE LAS PROPIEDADES DE LA FAMILIA FUJIWARA?
¡¿QUÉ?!
¡¿DE DÓNDE HAS SACADO ESO?! ¡ESTOY SEGURO DE HABERLO METIDO EN UNA CAJA DE SEGURIDAD!
FLIP FLIP
AH... LO SIENTO... ES QUE ME LA HE ENCONTRADO Y LA HE ABIERTO.
¡¿QUE LA HAS ABIERTO?!
SHA~N
¡¡ESTE ES EL "CHOU CHOU ENCUENTRA DOCUMENTOS"...
Y EL "RATÓN ABRELOTODO"!!
¡¿EL QUÉ?!
¿DE QUÉ VAS, NIÑO?
¡ARF!
¡SON ESOS MALDITOS CRÍOS!

GRAB
¡¡GIN!!
TU TUM
TU TUM
TU TUM
¿PERO QUÉ?
¿Y QUÉ PASARÍA SI TE LA QUITARA POR MIS PROPIOS MÉRITOS?

KAPOW
¿EH?
¿GIN?
THUK
¡ES INCREÍBLEMENTE FUERTE!
PARECE MENTIRA...
QUE UN CHICO CON SU EDUCACIÓN Y SU CLASE...
SE VEA METIDO EN PELEAS COMO ESTA...
NO ES JUSTO...

¡ACABARÉ CON VOSOTROS UNO POR UNO! ¡NADIE VA A DETENERME!
FUASH
¡VAMOS, OS ESTOY ESPE-RANDO!
¡¡GIN!!
¡TIENES QUE DETENERLES, POR FAVOR! ¡SON DEMASIADOS CONTRA ÉL SOLO! ¡NO ES JUSTO!
POW
¡UAAGH!

¡GIN! ¿QUÉ HACES AQUÍ?
JA, JA, JA, JA...
¿QUE HAS VENIDO A BUSCARLA? ¡NO ME HAGAS REÍR!
¿CREES QUE DESPUÉS DE HABERTE QUITADO TODO LO QUE POSEES TE VOY A DE- VOLVER A KIRARA?
HA HA HA HA
¡¡EH!! ¡NO DEJÉIS QUE VUELVA A ABRIR LA BOCA PARA DECIR MÁS SANDECES!
ZASH
AH... MIRA QUE LLEGAS A SER PLASTA.

¡¡HOLA, SOY MAYU SHINJO!!
SIN DARNOS CUENTA, YA HEMOS LLEGADO AL NÚMERO 4.
ESTA VEZ EN LA PORTADA SALE LA PAREJA ESTELAR, ME HE DIVERTIDO MUCHÍSIMO DIBUJÁNDOLA (RISAS) A LA VEZ QUE ESTE TOMO, SE VA A PUBLICAR UN VOLUMEN ÚNICO TITULADO "JUNAI STOPPU". ANIMO A TODOS LOS QUE NO LO CONOZCÁIS A QUE LE ECHÉIS UN VISTAZO ^_^
LA VERDAD ES QUE TAMBIÉN DISFRUTÉ MUCHO DIBUJANDO ESA HISTORIA Y AL FINAL, ¡SE HA CONVERTIDO EN UN TOMO! ESTE AÑO TENGO PREVISTO HACER MUCHAS COSAS, CUENTO CON VUESTRO APOYO. POR ÚLTIMO, OTRA BUENA NOTICIA SOBRE LOVE CELEB...
¡TATATATÁAAAA! ¡¡YA ESTÁ A LA VENTA EL SEGUNDO CD DRAMA!!

LOVE CELEB CHARACTER

UNA ESTUDIANTE DE INSTITUTO, NO MUY POPULAR, QUE QUIERE SER UNA IDOL. TIENE BUEN CUERPO (Y ES VIRGEN).

LE LLAMAN GIN (PLATA). ES UN TÍO MUY IMPORTANTE Y EL MÁS PODEROSO DE TODO JAPÓN

ES EL JEFE DEL INUZUKA GROUP Y EL PEOR ENEMIGO DE GIN.

ES EL MÁNAGER DE KIRARA Y ESTÁ TOTALMENTE EN CONTRA DE QUE ELLA Y GIN TENGAN SEXO.

ラブセレブ KING+EGOIST 4

LOVE CELEB STORY

KIRARA (ES VIRGEN) SUEÑA CON SER UNA GRAN ESTRELLA, PERO PARECE QUE NO TIENE MUCHO ÉXITO. TRABAJA MUY DURO HACIENDO PEQUEÑOS PAPELES OCASIONALES Y TRABAJOS SUCIOS. ¡PERO DE REPENTE APARECE ANTE ELLA UN PRÍNCIPE MONTADO EN UN CABALLO BLANCO! ES, NI MÁS NI MENOS, QUE EL FAMOSÍSIMO GIN, QUE PARECE QUEDARSE PRENDADO DE ELLA Y LA CONVIERTE EN... ¡TODA UNA CENICIENTA DE ENSUEÑO! PERO TODO ESTO ES SÓLO UN JUEGO PARA GIN... Y ASÍ ERA HASTA QUE GIN SE DA CUENTA DE QUE, MÁS ALLÁ DEL DESEO SEXUAL, SU CORAZÓN Y SU CUERPO PIDEN KIRARA, SE HA ENAMORADO DE ELLA... Y ELLA DE ÉL.

EN ESAS EL PEOR ENEMIGO DE GIN, INUZUKA, LE QUITA TODAS SUS POSESIONES A ESTE A TRAVÉS DE UN ASTUTO PLAN. “RECUPERARÉ TODO LO QUE ME HAN QUITADO Y ESE DÍA TE HARÉ MÍA”, CON ESAS PALABRAS, GIN DESAPARECE. SIN EMBARGO, INUZUKA TAMBIÉN SE APODERA DE KIRARA Y, CON EL FIN DE QUE SEA PARA SIEMPRE, DECIDE QUE SE CASARÁ CON ELLA QUIERA O NO. EN ESE MOMENTO, A PUNTO DE COMPROMETERSE CON OTRO HOMBRE...
¡¡GIN APARECE ANTE ELLA!!

ラブ★セレブ
KING+EGOIST

LOVE CELEB 4

新條まゆ

Mayu Shinjo Presents